HÉSIODE ÉDITIONS

BARBEY D'AUREVILLY

Le Cachet d'onyx

Hésiode éditions

© Hésiode éditions.

1 rue Honoré - 93500 Pantin.
ISBN 978-2-493135-46-9
Dépôt légal : Septembre 2022

Impression Books on Demand GmbH

In de Tarpen 42
22848 Norderstedt, Allemagne

Le Cachet d'onyx

Othello vous paraît donc bien horrible, douce Maria ? Hier votre front si blanc, si limpide, se crispait rien qu'à le voir, ce diable noir, comme l'appelle Émilia. Votre haleine traînait sur vos lèvres entr'ouvertes ; vos larmes, vos sanglots, votre pose, tout en vous disait : « Pitié ! » à Othello, comme si vous aviez été la Vénitienne, la Desdemona, couchée sur le lit, comme si Othello avait pu vous entendre alors, comme si une prière d'ange agenouillé devant un homme, essuyant ses pieds de sa chevelure divine, ou, plus éloquent encore, une femme qui supplie, eût pu aller jusqu'à ce cœur possédé, affolé, enragé de jalousie et d'amour. Oh ! ne le maudissez cependant pas, cet Othello inflexible. N'ayez pas peur de cette belle création d'un poète ; n'ayez pas peur de cette admirable nature d'homme, si riche en tendresses jusque dans ses fureurs, et à qui Desdemona pardonne en mourant comme par reconnaissance de l'amour qu'il lui avait donné. Savez-vous que personne n'aima plus que cet homme qui faisait oublier un père chéri, à cheveux blancs, sur le bord de la fosse, à une fille respectueuse et tendre ; qui l'avait prise intrépidement dans ses bras, elle défaillante sous le poids d'une malédiction terrible, et qui la rendit si heureuse que jamais le souvenir de cette malédiction ne troubla une heure de la vie de cette femme timide ? Ne le maudissez pas, Maria, mais plaignez-le plutôt ! plaignez-le plus que Desdemona, qui vous fait pleurer à chaudes larmes. Son infortune est plus grande que celle de Desdemona qui crie : Ne me tuez pas ce soir ! Vous me tuerez demain ! qui s'est sentie écrasée sous la calomnie, sous les injures d'Othello. Desdemona est l'heureuse dans ceci : l'infortuné, c'est Othello !

Il n'est pas besoin d'être Africain, d'avoir du soleil liquéfié sous une peau noire et plein ses larges veines ; il n'est pas besoin d'avoir du lion et du tigre dans sa nature pour être jaloux et se venger. Il ne faut qu'assez d'intelligence pour comprendre le mot trahison. Eh bien, quand avec ce peu d'intelligence on a de l'amour aussi, comme Othello, qui oserait appeler coupable celui-là qui est jaloux et qui se venge ! Et quand cette vengeance qui n'apaise point est finie, et que l'on est si malheureux que le remords soulagerait, le remords qu'il est impossible d'avoir parce que l'amour a tout envahi dans l'âme, oh ! qui ne donnerait pas à tant de souffrance au moins une larme, quand il reste une larme à donner.

Pleurez donc sur Othello, jeune femme, je vous le répète, sur cette âme que la douleur a sillonnée, noircie, brûlée, ensanglantée, mise en pièces comme des balles mâchées dans de la chair et des os. Il n'y a qu'Émilia qui soit en droit de l'appeler monstre, car elle avait soigné Desdemona toute petite, puis adolescente, puis épousée, et de chagrin elle délirait quand elle appelait Othello ainsi. Mais vous, Maria, vous ne le pouvez pas !

La vengeance d'Othello ne fut point d'un monstre. Il pleura avant de tuer sa femme, et quels pleurs ! Il pleura aussi quand il l'eut tuée et avant d'être détrompé ! Et quand il n'eut plus de larmes sous sa paupière, il en chercha à la source, avec la pointe d'un poignard ; mais celles-là étaient du sang, et elles aussi, elles se tarirent.

Voulez-vous que je vous raconte une histoire de jalousie ? Voulez-vous que je vous dise une vengeance plus cruelle que celle accomplie avec des sanglots, des mains tremblantes et des baisers — ces derniers baisers donnés furtivement à la perfide pendant qu'elle dort, sublime lâcheté de la passion que Shakespeare avait devinée, — enfin que cet étouffement d'une mariée de vingt ans sous l'oreiller du lit nuptial, et dont l'idée seule vous fait rejeter en arrière votre jolie tête comme si la hache vous l'abattait par devant ? Allons ! si vous êtes brave ce soir, voulez-vous que je vous dise une vengeance auprès de laquelle la vengeance d'Hassan, qui fait noyer vive dans un sac cousu la belle Leïla du Giaour, est la chose du monde la plus rose et la plus gracieuse ? Voulez-vous que je vous dise une réalité dont la poésie dramatique, cette poésie du réel, ne pourrait s'emparer, parce qu'elle ne saurait comment la prendre dans ses mains de reine sans les souiller ? Voulez-vous que je vous fasse aimer Othello ?

Vous n'avez pas connu Auguste Dorsay. C'était un de ces jeunes gens qui sont très bien nommés les heureux du siècle, parce qu'ils ont juste ce qu'il faut pour réussir dans le monde : un caractère de jonc, des formes élégantes, de la beauté, de l'esprit, – et de celui-là qui ne fâche personne parce qu'il manque d'originalité. Quant à des passions violentes, jamais les amis de Dorsay ne s'aperçurent qu'il en entrât le moindre germe dans son organisation. Il est vrai que Dorsay se mettait souvent en colère contre son jockey, contre son cheval, contre les plis de sa cravate quand ils n'allaient pas comme il l'entendait, qu'il jouait son argent avec des couleurs sur les joues et qu'il ne perdait pas sans émotion, qu'il se grisait parfois de champagne et de punch, et qu'il savait supérieurement le prix d'une femme, depuis la grande dame jusqu'à la modiste. Mais dans tout cela y a-t-il une passion ? Y a-t-il vestige d'âme ? Nullement. Nous autres jeunes gens comme l'était Dorsay alors, nous n'avons qu'à prendre la jeunesse de nos pères à morale, la morale de position, aux cheveux maintenant grisonnants, nous verrons que les passions sont plus rares qu'on ne pense, et qu'à part quelques scènes de salon d'assez mauvais goût, un ou deux duels, peut-être, et force coucheries qu'on appelle de l'amour jusqu'à vingt-cinq ans avec un enthousiasme un peu niais, et qui ne sont pas même du libertinage, il n'y a pas, morbleu ! en inventoriant toutes ces jeunesses, de quoi dire si haut : Je fus jeune et fou comme vous ! Taisez-vous donc, les catéchistes modèles, ne parlez jamais des orages de vos jeunesses, phrase ridicule et qui passe de la main à la main. Voici une vanterie que je vous défends ! Vous avez vieilli, c'est-à-dire vous avez perdu vos dents et vous vous êtes coulés à fond dans le mariage, comme dit mon ami Sheridan, et puis c'est tout. Mais jamais rien ne battit fort dans vos artères carotides et votre cœur est toujours allé du même pas.

Cependant, messieurs nos pères, puisque nous fouillons dans votre vie, serait-il impossible d'y trouver de ces choses qui, rappelées à votre mémoire, vous couperaient la voix à l'instant lorsque vous jetez les hauts cris sur les passions de nos jeunesses, à nous, quand nous sommes passionnés ? N'y trouverait-on pas des noirceurs, peut-être une infamie, quelquefois une atrocité ? Vous ne savez pas ce que c'est qu'une âme, ce que c'est qu'une passion, ce que c'est que cet ouragan, cette trombe qui tourbillonne dans les anfractuosités d'une poitrine d'homme, et qui finit par les briser... Mais, ce qui vous était si facile, êtes-vous toujours restés de plats honnêtes gens ?

Demandons à Dorsay. Il a vécu votre vie de jeune homme ; il vit à présent votre vie d'époux et de père de famille. Interrogeons son passé et voyons ce que ce passé nous répondra.

Hortense de *** était une des femmes de Paris la plus aimable par le tour de son esprit et l'abandon de ses manières. Sa beauté était éblouissante. Mariée à un homme qu'elle n'avait jamais aimé, entourée d'hommages dans le monde et n'ayant plus de parents qui la cuirassent de leurs conseils, qui la fortifient de leur prudence, on l'eût prise pour orgueilleuse et frivole. Cependant son âme était sérieuse. Sérieuse parce qu'elle était passionnée. On l'entrevoyait aisément, car si ces passions toutes frémissantes enfermées dans un sein de jeune femme n'avaient pas encore quitté le fond de ce cratère d'albâtre, il volait parfois de leur écume dans la fougue de coquetterie d'Hortense.

Auguste Dorsay rencontrait souvent Madame de *** dans les salons qu'il fréquentait. Il s'occupa d'elle parce qu'il avait sa réputation d'homme à la mode à soutenir et qu'Hortense fixait l'attention générale alors. Puis, d'ailleurs, elle était si belle ! Quand ses cheveux noirs luisaient déroulés sur des épaules qui semblaient faites de lumière, il y avait là assez pour l'amour de cent poètes et le bonheur de tout un enfer !

Hortense aima Dorsay. Femme avant tout, avant d'être un cœur élevé et un esprit supérieur, elle s'encapriça d'un beau visage. Elle eut de l'amour pour Dorsay comme en durent avoir les filles des hommes pour les anges, quand les anges s'imaginèrent qu'il y avait plus de paradis dans l'adultère que dans les cieux. Elle en eut que ce fut une honte ! Qu'aurait-elle donné de plus à un homme de génie ? Mais c'est que le génie n'est pour une femme, même la plus distinguée, rien, hélas ! en comparaison d'une lèvre rose et d'une flamme de santé dans les yeux.

Oh ! ne faites pas vos jolis yeux méchants, Maria ! Qu'il y ait dans la beauté physique un élément inaperçu par nous, hommes barbus, et qui ébranle plus profondément votre être sensible ; que ce soit un côté plus intelligent ou plus infirme de votre nature, je ne sais : mais il en est ainsi. Vous-même comme les autres, Maria, vous n'aimerez d'amour qu'un beau jeune homme, et quand plus tard vous comprendrez que tant de beauté pouvait cacher tant d'ineptie, pauvre rossignol, fasciné du regard du reptile, vous reprendrez votre amour flétri, et ce sera encore à la beauté, fût-elle stupide, que vous vous en irez l'offrir. Eh quoi ! la passion aurait des paroles divines, ce serait assez pour rendre coupable, pas assez pour se faire aimer ? Pitié sur vous, douces créatures, et honte à toi, nature humaine ! Stigmatisez Talma de laideur et domptez (s'il est possible) son talent dramatique, vous éteignez les étoiles que madame de Staël voyait en diadème sur son front. Sainte Thérèse mourut d'amour pour son Dieu, brûlée de désirs comme on en brûle pour une créature humaine. Mais, vous savez, cette ravissante tête rêveuse du Titien ? – devant laquelle je ne conseillerai jamais de conduire la femme que l'on aime, – eh bien, cette tête n'est pas même comparable au Christ qu'elle avait rêvé.

L'amour d'Hortense pour Dorsay fut l'affection d'un être supérieur pour un être médiocre, cette affection qui compromet, qui entraîne celle qui l'éprouve, et la livre déformée et tremblante aux bras d'un homme et aux pieds d'une société. Dorsay exploita en spéculateur habile le sentiment qu'il avait inspiré ; sa vanité rayonnait quand ses amis lui disaient en riant : « Parbleu ! Dorsay, tu as là une délicieuse maîtresse ». Il trouvait doux de faire la petite bouche aux félicitations que lui adressait une jeunesse aux paroles légères. Modestie qui n'était pas même hypocrite, car il y a des aveux qui affichent une femme comme un placard.

Pour Hortense, du moment qu'elle aima Dorsay elle finit sa vie de coquette. Bien plus, elle cessa d'être aimable pour les autres femmes ; elle n'éparpilla plus son esprit et son âme, elle ne les effeuilla plus en mots piquants ou affectueux pour les jeter à la société qui l'entourait et dont elle faisait le charme. Le mouvement de la conversation, auquel elle se livrait avec une sensation de plaisir presque enivrant, ne l'emporta plus. Tout ce qui l'intéressait le plus vivement autrefois cessa de lui plaire. On eût dit qu'une peine secrète l'avait atteinte, si le cœur pouvait faire mal avec tant de rayons d'or dans les regards, et si sa préoccupation n'avait pas trahi son bonheur.

Cette femme, que l'on avait vue fière d'elle-même comme Niobé l'était de ses enfants, méprisait ses succès passés et s'étonnait comment ils avaient pu suffire à sa vie. Un jour, cependant, elle eut la fantaisie, une de ses fantaisies d'autrefois, un de ces charmants enfantillages de femme qui se retrouvait par moments dans l'amante, de paraître bien belle et de faire revivre l'admiration qu'on lui prodiguait naguère encore quand, dans un bal, à une fête, elle se montrait sous un costume seyant à la noblesse de son maintien et à l'étrange éclat de ses traits. C'est pourquoi elle prit sa douce voix, son doux sourire, son doux regard pour le mari qu'elle exécrait ; elle lui dit de ces mots de tendresse qui dans sa bouche étaient d'effroyables mensonges, l'adultère ! Et toute cette dissimulation fut employée pour obtenir le don d'une magnifique parure de rubis pour le bal de la duchesse de ***. Cette parure coûtait une somme folle ; son mari séduit la donna. Quel moyen de résister à ce démon vivant dans la femme quand elle est là devant vous, presque à genoux, presque à votre cou, presque la bouche sur la vôtre. Si on avait le ciel, on le donnerait !

Le matin du jour où elle devait mettre sa parure le soir, elle l'essayait devant sa psyché. Les rubis flambaient sur sa tête, à son cou, à ses bras et contrastaient avec la nuance plus mate de sa robe cramoisie. Son œil était sur la glace ; sa pensée à ce soir et à Dorsay. Le cœur lui battait de cette joie d'être belle, de cette joie qui est une ivresse et que nous ne comprenons pas. Dorsay entra tout à coup.

« Comment me trouves-tu, mon Auguste ? – lui dit-elle avec un adorable mélange d'orgueil et de soumission. – Eblouissante à donner des vertiges », – reprit-il nonchalamment, avec un grand air ennuyé, tout fut dit sur la parure.

Le soir, Hortense était au bal en robe blanche, des bluets dans les cheveux. Quand la reine d'Egypte jetait dans la coupe de vinaigre les perles qui pendaient à ses oreilles, avait-elle de l'amour comme cet amour ?

Eh bien, tout cet amour, qui eût fondu un cœur de bronze en lave brûlante, fut indignement profané par Dorsay ! Fier d'être l'objet d'un sentiment si profond qu'il en ébranlait toute une existence, il abusa indignement de son empire sur la femme qui était devenue son esclave. Le plus souvent nous nous détachons de l'être que nous avons le plus aimé parce que notre nature est incomplète et que la source qui coulait en nous hier a tari. Mais alors tout doit être fini avec cette destinée qui fut la nôtre et qui ne nous appartient plus. Dorsay, comme les plus sublimes, avait donné à Hortense autant d'amour qu'il pouvait en donner à qui que ce fût. Que voulez-vous ? Il était vulgaire. Mais l'eût-il été davantage encore, il aurait aimé à sa manière d'être médiocre, d'âme petite et infime, celle qui s'abandonnait à lui sans réserve. Il l'eût aimée parce qu'elle le dominait de toute la hauteur de ses facultés d'abord, parce que les bras qu'elle lui passait autour du cou étaient si beaux, et, qu'eût-elle été la dernière des prostituées à gages, il lui fût resté assez encore pour raviver d'une illusion un cœur desséché et rappeler au libertin le plus abject les plus lointains, les plus perdus souvenirs d'amour !

Mais, enfin, cet amour s'en alla. Le Temps exfolie le granit et le cœur ! Le Temps donc, et surtout une possession dont les ivresses étaient usées, eurent bientôt détruit le sentiment de Dorsay pour Hortense. Pauvre Hortense, le sien survivait. Son âme, à elle, n'était pas épuisée ; elle avait encore de l'amour, de la fièvre, des nuits d'insomnie et de délire à passer. Étrange maladie, dont les plus faibles gémissent et les plus forts souffrent plus longtemps ou n'en guérissent pas !

Dorsay n'avait que deux partis à prendre. Être franc avec cruauté ou hypocrite à force de pitié et de délicatesse. Il devait tromper sur l'amour qu'il ne sentait plus, ou dire à Hortense : « C'est fini, je ne vous aime plus ! » Ce dernier parti était peut-être le meilleur possible. C'est quelque chose de noble, il est vrai, quelque chose de dévoué, que cette vie que l'on s'impose, que cette feintise éternelle, que ces caresses, chaudes à peine de souvenirs, pour retarder, ne fût-ce que d'une heure, la douleur de celle qui nous aime. Mais puisque cette douleur est inévitable, n'est-il pas plus sage de la faire présente, car elle sera plus tôt passée... Quoi qu'il en soit, Dorsay n'employa ni l'un ni l'autre des moyens que je dis. Il fit comme un mari qui a une jolie femme et des maîtresses, agissant ainsi autant par faiblesse de caractère que par vanité. On le conçoit. Nous sommes bien beaux quand nous nous mirons dans des prunelles adorées, mais il n'y a que les pleurs que nous faisons couler qui nous réfléchissent Jupiter.

Le monde a un ignoble mot dont il flétrit les affections qu'il n'autorise pas. Il dit : Ce monsieur tel vit avec madame telle. Je ne sache rien de plus dégoûtant que ce mot. C'est le coup d'une cravache sale de boue qui cingle au visage et au cœur. C'est le ravalement, la dégradation d'une idée divine. Vivre avec une femme ! Vivre avec elle, vivre avec toi, c'est-à-dire ne sentir, ne penser qu'ensemble, se transfondre, se perdre, bouches, regards, haleines, battements de cœur, dans un seul baiser, une même étreinte, un seul amour, oh ! n'est-ce pas là le plus ineffable des bonheurs que l'imagination invente. Et pourtant c'est de l'expression qui dit tout cela que le monde a fait un cachet de mépris qu'il jette à deux noms, les hommes à voix haute, les femmes à voix basse, quand un seul de ces noms est prononcé devant lui.

C'était le mot comme le monde l'avait fait, c'était ce mot seul, et non un autre, qui exprimait bien maintenant la relation de Dorsay et d'Hortense. La malheureuse s'était enfin aperçue que Dorsay n'avait plus d'amour pour elle. Hélas ! ce n'était pas bien difficile. Que de fois il abrégea les heures qu'il lui donnait autrefois sans compter ! Que de fois il repoussa la caresse comme inopportune, – charmante familiarité d'outrage que l'intimité appelle un mouvement d'humeur et qui se grave en traits de feu dans l'âme d'une femme quand elle en a encore. Mais Hortense n'en avait plus ; elle en avait fait un tapis pour les pieds de son maître, elle l'avait étalée sous ces pieds qui la foulaient à plaisir. La passion l'avait dépravée. Elle souffrait horriblement, néanmoins elle pleurait à s'en battre les yeux jusqu'à mi-joues. L'idée que Dorsay ne l'aimait plus était un poinçon dont incessamment elle se déchirait le sein ; mais, faible, parce que la fierté avait été tuée par cet amour funeste, elle frémissait à l'idée d'une rupture avec celui qui lui infligeait un si rude supplice que le sien. Le soir, la nuit, il lui fallait, sous peine de désespoir, la tête de Dorsay sur le duvet où elle posait la sienne, là où ces deux têtes avaient, un temps passé, rougi, pâli, rayonné, bouillonné d'un même désir. Il lui fallait, oh ! la pauvre abusée ! un accent de cette voix qui tout altérée lui avait parlé d'amour aux lueurs vagues et vacillantes de la veilleuse sur le somno, pendant les longues, heureuses et consumantes nuits qui la rendaient cent fois coupable ; il lui fallait ne fût-ce que quelques gouttes de la lave du volcan refroidi qu'elle avait bue et qui l'avait altérée, calcinée, assoiffée.

Qui vous aurait dit, Maria, que de ces deux êtres l'un deviendrait jaloux jusqu'à la plus épouvantable cruauté ? Qui auriez-vous nommé des deux ? Hortense ? Si c'est elle qui se venge d'être méprisée, elle, sa beauté, sa jeunesse, son cœur plein jusqu'aux bords, Maria, la condamnerez-vous ? Et si vous la condamnez parce que vous ne savez pas, vous ne saurez jamais, peut-être, quelle est cette terrible aliénation de la liberté, cet emporte-pièce de la pensée, ce fait inexplicable qu'on appelle Douleur dans les langues humaines, vous qui avez pitié de l'enfant qui pleure, pouvez-vous la haïr ? Vous fera-t-elle horreur comme Othello ? Pourquoi donc mon Othello, Madame ? Y aurait-il donc de l'égoïsme de sexe comme de personne, et tout le secret de la pitié serait-il celui-ci : « Je vous plains parce que vous êtes plus moi ? » Quoi donc ! Si je transposais les rôles, que je rendisse Desdémone jalouse, Othello le perfide, vous vous sentiriez pour Desdémone, qui se vengerait alors, une sympathie, une larme dans les yeux, et l'effroi ne vous prendrait pas en la regardant ? Qui donc vous fait peur dans mon Othello, Madame ! Voulez-vous que je vous le dise ? C'est sa peau noire ! C'est sa laideur ! Sous l'empire de votre instinct de femme, quand vous vous écriez : « Le monstre ! » malgré vous, c'est à sa laideur que vous pensez. Ainsi donc Shakespeare, avec tout son génie d'observation, s'est misérablement trompé, la poésie qui habitait en lui a rendu son puissant regard trouble. Il n'a pas vu la femme comme elle est. Il l'a créée une seconde fois, à sa manière à lui, qui vaut mieux que celle de Dieu même : Desdémone a aimé Othello malgré sa laideur, mais il n'y a dans l'univers que Desdémone qui aime le More, toutes les autres femmes le haïssent, et quand la douleur l'inonde comme une pluie d'orage et le fracasse comme un vent impétueux, cet homme qui avait la forte existence du rouvre, elles n'ont pas même pitié, la plus chétive pitié ! Ainsi chez la femme, chef-d'œuvre de la création, le plus ou moins de beauté physique nullifie ou double l'effet d'une douleur (l'atroce, la plus atroce, une femme en rirait dans un crétin, car on rit quand on ne comprend pas, et bêtement encore, même avec des lèvres divines).

Non, Marie, ce ne fut point Hortense, mais Dorsay, qui fut jaloux, et de quelle jalousie encore ! Non pas celle qui nous met l'incendie dans les entrailles, qui nous brûle le long du jour, le long des nuits, qui nous réveille en sursaut et nous fait tâter avec des mains froides de sueur et de frissons le corps de femme endormi et respirant doucement près de nous, en disant d'une voix étranglée : « Es-tu là ? » Cette jalousie qui pousse un homme ayant vertu et génie à espionner une jeune fille d'avant-hier, une enfant dont toute l'âme est dans les paupières, aussi transparente que les larmes qu'elle y fait monter, cette jalousie qui enfonce des crocs dans les veines du cou qu'elle suce de sa bouche de vampire, qui enfonce des griffes dans la poitrine nue, qui fait pleurer et rugir, miaule en tigre et demande merci en lâche, car elle réunit dans un seul être humain le monstre qui égorge et la victime qui se débat.

Cette jalousie, on ne l'éprouve qu'à la condition d'avoir de l'amour. Et n'est-ce pas là, Marie, de l'amour comme il est glorieux et enivrant pour une femme d'en faire naître, gloire et ivresse avec les dangers qui les rendent plus éclatants et plus profonds, comme il arrive toujours, puisque le sentiment une fois démuselé tue pour une valse, un nom balbutié dans un rêve, pour un rien, un mouchoir perdu...

En vérité, je vous le dis, Marie, je ne sais point comment les femmes ne sont pas fières et heureuses de cette jalousie. N'est-ce pas un acte d'humilité fait à genoux par l'être fort à l'être faible, devenu le maître maintenant ? N'est-ce pas, si le cœur est éteint, au moins du nectar pour l'orgueil ? Mais les femmes, ces corps charmants, à qui Mahomet, l'imposteur ! refusait une âme, n'ont pas de vanité qui aille si haut. Aimable faiblesse, elles ignorent les égoïstes désirs de l'orgueil.

La jalousie de Dorsay vous aurait-elle mieux convenu, Madame ? Ah ! elle ne venait pas, celle-là, de trop de passion, d'un amour à tempestueuses défiances, de tout ce qui la ferait pardonner. Elle n'était pas fille de la nature. La société l'avait produite et couvée, sous le mensonge et le sarcasme, dans le sein de l'un de ses enfants chéris. Déjà plus d'une fois Dorsay avait rencontré sur les lèvres de ses amis cette plaisanterie d'autant plus incisive qu'elle prend les dehors de l'intérêt et de la pitié. Tous ces jeunes gens ne pouvaient croire qu'Hortense de *** ne donnât bientôt un successeur à Dorsay ; ils avaient jugé que le temps approchait où la liaison, comme ils disaient, d'Auguste et de Madame de *** devait finir, la modelant sur toutes les banales intrigues qui aboutissent de part et d'autre à la lassitude. Ils se trompaient en ceci qu'Hortense, qui avait eu son règne ou plutôt ses batailles de coquetterie, selon l'usage de toutes les femmes qui sont belles et n'ont pas encore d'amant, n'était pourtant pas de celles qui usaient vite un sentiment pour le remplacer. Erreur profonde, mais explicable. Ces messieurs connaissaient très bien la généralité des femmes et le caractère de Dorsay.

Un jour, dans une de ces soirées que Paris compte parmi les plus brillantes, Dorsay avait souffert plus que jamais des plaisanteries de ses amis. Ces plaisanteries qu'ils infligeaient à sa vanité de fat étaient d'un goût si parfait et d'un ton si mesuré dans les termes qu'il était impossible à un homme de bonne compagnie de montrer de l'humeur ou du courroux, mais l'intention en était si blessante, si triomphante surtout, qu'il fallait d'un autre côté une grande puissance sur soi-même ou une grande peur de l'inconvenable pour se contenir en les entendant. Dorsay les écoutait les lèvres tremblantes, le front pâle et les traits frappés d'un vague sourire qui s'efforçait d'être insouciant et gai. Elles murmuraient, bruissaient, ricanaient, éclataient à ses oreilles dans cent bouches différentes, avec une foule d'accents divers. Il lui semblait que vingt mains de démon jouassent de la harpe avec son âme pour en tirer les vibrations les plus aiguës, et taquinassent avec une étrange volupté d'ironie jusque ses plus subtiles, ses plus déliées fibrilles nerveuses. La jeune fille qui levait sur lui son grand œil noir, plein de la rosée et du soleil matinal de la vie, ne pensait guère que cet homme vanté et charmant était tout à l'heure déchiré de supplice, dans ces délicieux moments d'un bal, et que cette main blanche et parfumée qu'il plongeait dans ses cheveux bouclés se trempait en passant sur son front de la sueur que l'humiliation y faisait couler. Heureuse jeune fille, dont le sang, sous les belles veines rougissantes, ressemble à l'essence de rose tiédie, à travers le cristal qui la renferme, par la moiteur d'une gorge de femme. Heureuse jeune fille, poète de la plus vague, de la plus éthérée poésie, qui crée, à propos d'une expression sur un visage d'homme, tout un drame où il n'y a pas une douleur. Et avec quoi ? Avec les soupçons d'un cœur pubère et d'une imagination énamourée.

Hortense elle-même s'y serait trompée comme les jeunes filles. Les tourments de la vanité restent incompris des âmes passionnées. Elle voyait Dorsay au milieu de ses amis, devisant d'une voix douce comme toujours. Elle ne se doutait guère alors qu'elle allait bientôt expier le calme apparent qui recouvrait une honteuse douleur.

Hortense était allée à ce bal comme elle allait à toutes les fêtes, depuis que Dorsay avait cessé de l'aimer. Maintenant que l'amour et la solitude n'avaient plus d'enchantement pour elle, elle venait demander au monde et à ses pompes la chétive aumône d'une distraction. Rester seule chez elle lui était devenu insupportable. Elle n'avait jamais aimé son mari, mais depuis longtemps elle le haïssait. C'est là la conséquence des passions. Épouvantable logique ! Algèbre de fer et de feu ! Une femme hait son mari parce qu'elle ne l'aime plus, elle le hait parce qu'il lui faut singer avec lui la tendresse, parce qu'il faut endurer froidement ses caresses comme des outrages, et ne pas le repousser, cet époux qui n'est plus qu'un maître, au moment où il prend ce qui est donné à un autre dont l'image se pose incessamment sur le cœur. Et puis ne hait-on pas celui dont la présence vous met au front l'effet d'un brasier, celui qui peut vous mépriser et vous punir s'il vient à vous connaître mieux ? Hortense éprouvait toujours devant son mari le mal de cœur qui précède les évanouissements, et quand il n'était plus là elle avait honte d'une faiblesse qui la rendait une vile créature et la faisait dépendre d'un homme qui l'avait sacrifiée, et à qui elle répétait les mains jointes : « Ne me quitte pas ! »

Il y a une belle imposture de Rousseau, c'est quand il montre dans son Héloïse que celle qui a aimé une fois, qui s'est donnée corps et âme, baisers et sourires, peut devenir, mariée à un autre que celui qui l'a possédée, épouse tendre et soumise, mère de famille irréprochable, chaste prêtresse des dieux domestiques. À ce compte-là, le vice ne laisserait que des stigmates embellissants comme des blessures dans une face de brave. À ce compte-là, l'âme se donne et se reprend comme l'amour nuptial entre des époux divorcés. La réalité n'est point ainsi. À force d'avoir voulu être moral dans son livre, Rousseau a exagéré la puissance de la volonté et les efforts du repentir. On ne pouvait mentir plus noblement à la nature humaine, mais enfin Rousseau a menti et sa Julie d'Étanges est un sophisme. Un sophisme de plus, senti, rendu avec génie, si ce n'est un blasphème plein de séduction et de charme, à l'égal presque d'une pure et grande vérité, un étonnant tour de force comme il les faisait tout en se jouant, cet acrobate de la pensée, aux reins cambrés et musculeux. Ou, le jour qu'elle s'est livrée, sa Julie était comme tant d'autres, qui, prenant leur sens pour leur cœur, veulent de ce pauvre amour qui n'est, hélas ! que de la volupté passée au filtre, mais du moins de la volupté qu'on peut nommer et non plus de celle-là que l'on a cherchée adolescent dans des insomnies qui cernent les yeux de violettes meurtrissures et tachent un front pâle de mates rougeurs, – ou bien c'était l'enfant naïve et tout abandonnée dont le cœur fut défloré comme le corps, et qui, âme d'élite, accepta, résignée, une douloureuse existence pour la sanctifier de repentir et de vertu. Et ni l'une ni l'autre ne pouvait devenir Mme de Volmar. Quand on a connu l'amour, quand on a étalé un corps virginal et dévoilé sous les enlacements du serpent, toutes les chances de bonheur que présentait la vie ont disparu d'une haleine. La coupe est tarie. Et si la lèvre en presse les bords, avide de chercher un reste d'ivresse en hâte, elle n'y trouve que le froid du cristal qui se brise et qui l'ensanglante. En vain demande-t-on à toutes les vertus une félicité qui remplace celle qu'on a perdue. Les saintes joies des devoirs accomplis ne sont appréciées dans leur pureté et leur goût céleste que par les cœurs non fanés du toucher des passions de la terre. La piété, les soins maternels, qui sont de l'amour encore, baume divin pour une âme angoissée, ne suffisent plus, vides des instincts de bonheur que la passion développa et qui restent furibonds jusqu'à l'heure de l'agonie, – comme un châtiment que l'on porte au fond de l'âme pour avoir abusé des dons de Dieu.

Il ne faut qu'un rêve dans l'ombre du cœur, un rêve que le passé empourpre de ses souvenirs, pour faire devenir cendres les teintes adoucies et suaves dont se colorait l'atmosphère de l'existence. Mais c'est surtout quand on a connu les délices qu'il y a dans la trahison et dans l'adultère que toutes les sensations s'affadissent et que toute vie devient insipide. Mystère désespérant de la conscience qui fait hocher la tête aux sages, que ce bonheur réprouvé du ciel, disent les hommes, et flétri par eux, qui, faussant l'intelligence, fait préférer à la vertu non pas lui, – ce bonheur étrange, – mais la pensée coupable et désolée du temps qu'il exista, et à laquelle on s'accroche, avec des mains palpitantes, plus encore pour l'idolâtrer que pour le maudire.

Hortense était arrivée jusque-là des sensations morales. Comme l'éther sulfurique blase le palais, la passion avait blasé son cœur, ce cœur si nativement bon et tendre, et l'idée de la vertu ne lui paraissait plus assez inspirante pour lui donner le courage de l'essayer, même par un effort de désespoir. Elle voulait du bruit, de l'éclat, de la pâture pour ses organes qui ne fût pas toujours de l'opium. Elle avait besoin de la musique aux sons éclatants, aux fantaisies qui font hennir le cœur et relever la tête, de la poussière qui prend à la gorge, des sorbets glacés qui jettent du froid jusque dans les épaules et dont seulement une goutte ferait tant de bien si elle tombait sur le cœur, de la valse qui l'emportait dans des bras de chair humaine et lui faisait chercher dans des pressions voluptueuses des ressemblances et des souvenirs. C'était comme le pulmonique avec sa rage des acides qui doivent le tuer.

Il fut des soirs où nous la vîmes plus belle ; aucun où elle parût plus ravissante ! Qui eût dit alors que ces yeux d'une ardeur à brûler les cils de l'amant qui les fixait, étaient souvent rougis de larmes ? Que ce sein de houri n'était plus qu'un trône désert, un coussin abandonné, malgré la fraîcheur de son tissu soyeux ? Et que ce sein, sous ses ravissantes courbures, cachait un bouton de pourriture, une horrible tache de gangrène ? Oh ! personne de nous ne l'aurait dit. Et cependant, en observant attentivement cette danseuse effrénée, se jetant au plaisir d'un mouvement acharné, comme le stylet se lance dans une poitrine exécrée, on eût deviné qu'elle cherchait à se soustraire à une idée persécutrice, qu'elle était vaincue, qu'elle fuyait, bientôt atteinte, dépassée, attaquée de nouveau en face, la fuyante ! Et déchirée au front par l'idée fatale, sous le diadème de pierreries, visière de casque faussée et impuissante contre l'invisible épée de la douleur, qui frappe toujours l'ennemi à la tête avant de l'achever dans le cœur !

Elle valsait avec un jeune officier de hussards, au teint rose comme celui d'un enfant, aux moustaches presque transparentes tant elles étaient blondes, et que relevait le pur carmin d'une bouche gracieuse. C'était ce jeune homme que les charitables amis de Dorsay lui désignaient, depuis un quart d'heure, pour son rival, – et comme la femme est le sultan dans notre civilisation européenne, – l'odalisque en pantalon rouge à qui Hortense avait jeté le mouchoir. Shakespeare, mon grand sculpteur, les a fondus et pétris dans une même argile, tous ces amis intimes, qui vous tendent la main dans la vie pour vous la blesser et qui soignent vos plaies pour y injecter plus à l'aise des poisons condensés. Il les a embrassés et étreints dans une seule pensée et dans un seul bloc, vous savez, cette effroyable face de Iago, résumé fidèle des amitiés humaines, totalisées dans un seul homme.

Dorsay regarda le couple enlacé. En ce moment la musique allait comme l'éclair. La valse roulait impétueuse. Hortense, les joues enflammées, la tête en arrière, semait sur le parquet les fleurs qui pleuvaient de sa coiffure ; elle était tout échevelée, ceinte à la taille par un bras nerveux elle se penchait sur cet appui comme si elle eût cherché un lit pour s'y renverser, semblable à la vierge violée qui ne se débat plus dans la lutte, mais qui s'étend sous la pâmoison. Ce tableau aurait pu rappeler à Dorsay dix minutes de sa vie et de celle d'Hortense : dix minutes rapides, solennelles, brûlantes, où il n'y avait ni valse, ni musique, ni bal, ni univers sinon eux. Ce souvenir aurait pu revenir... Rien ne revint ! Il se retourna et vit les jeunes gens qui l'entouraient abaisser tout à coup leurs lorgnettes, et lui dire, avec une froideur insultante : « À présent, es-tu convaincu ? »

C'était l'aplomb et le geste de la supériorité intellectuelle courbant un esprit révolté sous l'évidence d'une démonstration.

Sans ce mot il eût gardé son sang-froid. Mais quand les bras se dénouèrent et que la valse fut finie, écheveau de soie dévidé, il avait déjà repris toute la désinvolture de ses manières. Son visage était aussi caressant que jamais en parcourant cette triple ligne de femmes, – lasses, penchées, assises, roulées dans leurs cachemires rouges, bleus, orange, et secouant d'impatience ou de langueur leurs têtes défrisées d'où s'exhalait cette odeur sensuelle des fleurs mêlée à la sueur, vapeur suave et chaude comme l'héliotrope, qui s'élevait non comme d'un bain, mais comme d'une fournaise de parfums.

Hortense n'attendit pas la fin du bal pour demander sa voiture. Elle se retira de bonne heure, après avoir prétexté une indisposition subite à son mari qui resta.

À peine était-elle rentrée chez elle et déshabillée qu'elle s'établit au coin de son feu, fit approcher d'elle une table de bois de citronnier sur laquelle gisait une lettre commencée, et, sa femme de chambre renvoyée, elle appuya son coude sur sa table, son front dans sa main, et se tint ainsi toute rêveuse.

Avez-vous quelquefois, Maria, laissé, comme Hortense, le bal dans tout son éclat, dans toute sa fougue, et – caprice – éprouvé le besoin du repos après tant de bruit ? Avez-vous quelquefois abandonné la fête au plus fort de la mêlée pour retrouver la chambre en désordre que vous aviez quittée impatiente de l'heure qui allait sonner ? Vous êtes-vous aussi appuyée sur la table où se trouvait la lettre inachevée, interrompue par l'impatience de partir ? Et à revenir plus calme et presque réfléchie aux lieux qui vous avaient vue frémissante, avez-vous senti un charme, une douceur secrète, quelque chose de moins serré au cœur ? On dit que c'est chose délicieuse de laisser-aller et de vague tristesse. Mais Hortense ne sut rien de tout cela, – car tout cela ne se sent que quand la vie s'essaie encore, que quand ni vent du ciel, ni haleine humaine, ni poussière d'ici-bas, n'a glissé sur la surface d'une âme de cristal et que rien n'a ébranlé un frêle corps d'enfant presque transparent et palpitant comme une goutte de pluie suspendue fragilement au bord recourbé d'un calice de lys.

Rêveuse, elle n'achevait point la lettre commencée. Tout à coup, et ce ne fut point le timbre de la pendule... un bruit la tira de sa rêverie. Elle leva les yeux et vit Dorsay.

Ne craignez pas, Marie, que je vous montre en détail cette intimité de l'adultère, ce délaissement de toute pudeur, et le respect de soi-même disparaissant devant un délire souillé d'amour. Hortense, depuis longtemps, était perdue sans ressource. Qu'importe que ce soir-là elle se soit mise à genoux une fois de plus devant l'homme qui l'avait avilie... Plus bas qu'à genoux, à son cou, pour lui demander une caresse, un peu de ce qui lui restait quand il avait tout prodigué à d'autres. Infamie ! un peu de lui qui ne l'aimait plus. Plus que jamais, plus durement que jamais, elle fut repoussée. La malheureuse tomba sans connaissance sur le tapis.

Quand la vanité s'avise d'être jalouse, elle doit être implacable. Dorsay le fut. Comparez-le à cet Othello qui ne veut pas que Desdémone trahisse d'autres hommes et prononcez !

À coup sûr, Auguste était venu chez Hortense avec l'intention de lui rendre au centuple ce que ses amis lui avaient fait endurer de souffrances avec leur ton leste et leur pitié moqueuse... Mais probablement il ne prévoyait pas jusqu'à quel point il serait atroce. Malédiction ! Il fallait que cette nuit-là Hortense s'évanouît à ses pieds. La chute d'Hortense avait replié sous elle ses légers vêtements de nuit. Ses admirables formes ressortaient sur la couleur sombre du tapis, comme celles d'une blanche statue tombée de son piédestal sur le gazon flétri par un vent d'hiver. Dorsay se mit à sourire.

« Tu m'appartiens, – dit-il à voix basse, – et depuis longtemps je ne veux plus de toi. Tu es déshonorée. Je t'ai mis une empreinte au front. Eh bien, pour que tu ne sois jamais à d'autres, tu seras encore marquée ailleurs ».

Il prit sur la table à écrire la cire argent et azur et un cachet. Jamais bourreau ne s'était servi d'instruments plus mignons. Le cachet, où était artistement gravée une mystérieuse devise d'amour, était un superbe onyx que lui, Dorsay, avait donné à Hortense dans un temps où la devise ne mentait pas. Il présenta à la flamme de la bougie la cire odorante, qui se fondit toute bouillonnante, et dont il fit tomber les gouttes étincelantes là où l'amour avait épuisé tout ce qu'il avait de nectar et de parfums.

La victime poussa un cri d'agonie et se souleva pour retomber. Dorsay, intrépide et la main assurée, imprima sur la cire bleue et pailletée qui s'enfonçait dans les chairs brûlées le charmant cachet à la devise d'amour !

Il avait blessé une forme d'ange et tué la femme. Il rendait Hortense toute semblable à la statue à laquelle j'ai dit plus haut qu'elle ressemblait, mais statue qui n'était pas de marbre, quoique impuissante comme le marbre, et dont le sein n'était pas atteint. S'il avait pu la scier en deux, comme on coupe un serpent, il eût été moins barbare, car du moins une moitié n'aurait pas vécu.

Mme de *** garda six mois sa chaise longue d'un mal de pied qu'à force de soins les médecins parvinrent à guérir. C'est une grande femme pâle et belle encore, qui se traîne au lieu de marcher. Elle n'a pas eu le courage de se tuer ; et elle n'est pas devenue stupide.

Imaginez, Maria, quelle dut être la position de cette femme quand son mari...

Son mari, depuis, ne lui a pas adressé une parole. Il vit sous ses yeux avec une femme de chambre qu'il n'est pas même permis à Mme de *** de gronder quand elle lui manque de respect.

Eh bien, Maria, est-ce qu'à présent vous n'aimez pas Othello ?